집으로 오는 그림자

시를 볼 수 있다면
구상하여 그림을 그릴 수 있고
살을 붙여 소설이 될 수 있고
상상하여 시나리오가 되어야 한다

— 「나의 시 창작법」 중에서

깊은샘 시인선 001

집으로 오는 그림자

최진자 시집

시인의 말

    시는 궁극적으로 자연에 다가갔을 때 아름다움이 있다는 것과 자연에 가까이 있을 때 인간의 따스한 감성이 생겨났다.

    언젠가 시라고 썼던 노트를 수십 년 만에 이사하기 위해 짐을 꾸리다 찾았다. 모두가 사라졌다 생각했는데 되살아난 생명인 듯 미흡한 시지만 놓치고 싶지 않아 4부에 실었다.

    시는 험하고 거칠어진 세상을 바로 보는 연습이며 세상 이야기를 통해 감동 받은 일과 위기를 느꼈던 것들을 내 안에 담았다 꺼내는 일이라고 생각한다.

2022년 10월
청초 최진자

차 례

제2부 집으로 오는 그림자

제 3 부 광장시장

제4부 봄이면 새싹처럼 돋는 말

해 설

제 1 부 돌아온 몽돌

선생님 민들레

빨래한 이불을 베란다 밖으로 먼지를 털다
위에서 내려다본 세상
자목련, 벚꽃, 산수유, 개나리, 매화, 명자꽃

풍등처럼 환한 샛노란 민들레
홀씨 되어 바람이 날려다 준 곳이 불모지
누구도 오가지 않는 오수통 입구 콘크리트 옥상

흙먼지 날아와 쌓인 한줌의 가루를 모태로
터가 모질어 홀씨 될까 삶이 염려스러운데
괜한 걱정 말라는 듯 바람 따라 너털웃음이다

메마른 땅 개간해 씨앗을 뿌린 화전민처럼
최악의 조건에서 꽃으로 사명을 다하는 것
사람이 모진풍파 견디듯 민들레 홀씨 되는 것

읽어서 배우고 보여줌으로써 가르치는 것보다
아무도 가르칠 수 없는 느낌으로 오는 감동
선생님 하고 가슴에서 토하는 소리

거미

넘침은 모자람만 못하다는 것을 알았더라면
아라크네가 길쌈내기는 하지 않았을 것을
패자는 거미로 변해 하늘에다 천을 짠다

아테네에 분풀이 하듯 덫을 쳐 포식자로
하늘에 올무를 걸고 먹잇감을 사냥한다
끈끈이에 물방울을 매단 구슬궁전은 아름다워

처녀는 횃대 보에 거미집을 수놓고
영화감독은 정의의 청년 스파이더맨을 만들고
시인은 '대롱대롱 거미줄에 옥구슬'이라 노래하네

건축가는 거미집 형태로 구획정리하여
잘못 든 길은 한 블록만 돌면 시작점으로
백년 미래지향적인 도시를 설계했다

오만함이 천년 지옥에 빠졌으나
인간에게 지혜를 주었으니 천벌은 가여워
거미 너를 보면 도도했던 아라크네라 하겠네

중광

동양의 피카소라는 중광

여성성을 붉은 말미잘로 표현하고
남성성은 밀랍으로 뜨듯이 섬세함으로 빚고
밤에는 학 되어 두 날개로 달을 품더니

부처님의 미소는 최초의 자비의 모습이고
성모님의 아들 품은은 지극한 통증이더니
채울 수 없는 세상 걸레로 닦아보려 했나

부처님의 미소는 자비로 떠돌고
성모님의 바다 같은 마음 상처를 덮고
달을 품은 학은 꿈이 되어 나는데

작가 정신 채울 수 없는 버거움에
회한으로 삶의 흔적을 지우려 했지만
혼신의 힘으로 낳은 작품은 이미 푸른 빛

엉겅퀴

차마 너를 바로 볼 수가 없어
뭉클뭉클 서러움 있나
항상 경계하지 않으면
스스로 무너질 것 같아서
네 몸에 난 창 모양
단단한 가시로 포장한 옷

너를 보면 왠지 홍살문 같아
따뜻한 손길 잠옷처럼 붙어 있는데
압슬의 무게보다 더한 수절
청상을 홀로 지내 뼈마디로 남은
허울뿐인 횅한 문
불살라 몸을 덥히고 싶었을지 몰라

너를 보면 그래
몸은 가시로 철조망 쳤지만
뻥 뚫린 하늘에 그리움 매다니
가시만큼 고운 꽃잎 되어

여인네들 화장 솔 닮아

공중으로 날아드는 벌과 나비 맞이하네

별 밭

나 어릴 때 유성을 쫓다
얼마 못 가 멈췄다
너무 빨리 사라져
그 조각 별 늘 궁금했는데
양화진 선교사 묘지에 모여 있다

베풀어야 한다는 무거운 십자가
굳은 살 어깨에 얹고 살며
어둠을 밝히는 빛으로
썩지 않는 소금으로
헌신으로 백년을 건너뛰었으니

굳게 닫힌 대문
두드려도 열 줄 몰라
강제로 열어젖히고
백 가지 문명을 전달한
그들은 선교사

수구초심이라 했는데

그리운 마음도

별빛 달빛 되어

어둠조차 밝혀 주시니

우리가 죽어서도 고마운 사람들

진실

십구 초짜리 흑백 영상이 수십 번 되풀이 되며
수면 밑바닥에 가라앉았던 부레가 부풀자
숨기고자 했던 슬픔이 살아 움직였다

위안부로 팔려 온몸이 찢기고
가엾은 어린 조상들의 총탄 맞은 처참한 최후
기억하되 가엾으니 영혼의 눈을 가리세요

인간 지옥에 빠진 어린 양을 불쌍히 여기세요
화면에 대고 '거기 누구 없나요'라고 외친다
처녀지의 뽀송한 흙으로라도 몸을 가려 주세요

무자비한 홀로고스트
수십만을 잉태할 어머니들
조상들의 영혼까지 슬프다

지금 할 수 있는 일은
내 생애 기뻤던 일을 모두 주고

지팡이 짚고 곡한다

향 대신 눈물로 시신을 닦아
날개 달린 푸른 실크 수의로 염하고
관에 손바닥으로 나무못을 박는다

*패전 직전 일본군이 한국인 위안부를 학살하는 장면을 미군 사진
병이 영상으로 국립문서기록관리청에서 70여 년 만에 세상에 나왔
다.

레미제라블

네 모습이 내 머릿속에
며칠째 똬리를 틀고 앉아 있다
위로의 말을 해야 지울 수 있겠구나

허기진 상사들이 과줄을 훔쳐 먹고
어린 너에게 뒤집어씌웠지
억울해 항변하자 구타까지

죽음의 임계점에서
동토의 사선을 넘었다구
우리의 귀한 아들 노민철

굶은 짐승은 사나워지지
그들은 레미제라블
엄마 품에 있어야 할 스물도 안 된 네가

DMZ 퇴역 원사가 아비의 마음으로 등을 토닥이자
폭풍 같은 울음을 쏟아냈지

아가야 설움 토해냈으니 기쁨으로 채우자

일주일 만에 5킬로그램이 늘었다고
제일 맛있다는 자유의 쌀밥 실컷 먹으렴
이제는 희망을 노래하자

돌아온 몽돌

천년을 사랑하고 그리워
미움으로 깎이고 구르고 굴러 학동 해변
파도와 부딪쳐 아름다운 음파소리

이제는 눈감아도 괜찮겠지
목욕하고 바닷바람에 몸 말려
염 화장에 뽀얀 얼굴 빛날 때

외갓집 왔던 어린 아이린
예쁜 돌멩이 한 쌍을 가슴에 품고
몽돌 소리 귀에 담아 미국으로 갔다

거친 파도가 쳐도
은은한 달빛에도
소리가 멎은 적막한 바닷가

비행기 타고 태평양 건넜던 검고 하얀 바둑돌
외로웠던 이민생활 아픔의 기억으로

애처로운 마음에 한려해상공원으로 돌아왔다

제자리로 돌아온 몽돌
모래알 될 때까지
파도에 몸을 뒹굴며 다시 노래 부른다

패럴림픽

떨어져나간 곳을 채울 수 있게
새롭게 오기가 발동하고
꿈은 꾸는 자의 선물
날갯짓하니 날갯죽지가 솟고

들으셨나요
앞 못 보는 자를 위해
길라잡이의 외치는
아름다운 목소리를

보셨나요
눈 위에 스키를 신고
소리의 빛을 쫓아
어둠을 달리는 소녀의 질주를

보고 들으셨죠
하얀 눈처럼 고운 마음 있어
불가능한 고지를 뛰어넘어
소리로 보는 무한한 세상을

이즈반도 가는 길

변시지의 까마귀 빠진 그림 같은 풍경을 지나
흐린 날 간혹 금귤이 등불처럼 달려 있는 도로
바다가 언제쯤일까
비가 내리고 한동안 빛이 없는 길

아주 멀리 바다인지
뱀허물 바람에 펄럭이듯 파도가 밀려온다
구름 속 같은 터널을 한참 지나
자몽 같은 가로등이 드문드문 빛을 뿜는다

자야와의 추억만을 간직하고
다섯 개의 언어를 입안에 물고
김일성 찬양시 「나룻터」를 끝으로
쉰한 살에 금지당한 창작활동

백석이 다녀간 발자취를 찾을 수 있을까
시어가 꿈틀대어 참을 수 없었던 여행
작가들의 이즈반도 산실을 보며 껴안았던
그가 흘린 응고된 꿈을 들여다볼 수 있을까

둥지 속 뻐꾸기들

둥지는 너무 좁았어 더 큰 둥지를 차지해야 해 동암역 광장을 헐었대 그동안 참 좋았어 매일 촛불 시위도 노랑 풍선, 노란 리본 매달고 온갖 것에 대해 비판할 수 있는 좋은 장소였는데 우리를 내쫓으려 광장을 줄이고 주차장을 넓혔어

우리는 뭉쳐야 해 포장마차 자리를 잡기 위해 광장을 차지해야 해 우리가 할 수 있는 일은 죽기 살기로 농성을 하는 거야

우리의 자동차가 점령했던 자리는 밤새 바윗덩이에 빼앗겼지만 동암역 문지방은 불과 몇 발자국

우리 뒤엔 민노총이 있어 강력한 힘을 이용해야 해 경찰도 함부로 못해, 정당하게 생존권을 주장하는 거야 선거는 자주 있고 우린 기회를 이용해야 해 이동 포차를 쫙 갖다 놓는 거야

우리의 일은 정당한 거야 참, 영등포에서는 우리의 동지들이 조폭에 의해 쫓겨났다며, 우리는 관으로라도 이곳을 차지해야 해 둥지에 말뚝이 박히고 고정시키는 화분이 놓이고 뻐꾸기들은 그 후로도 확성기로 상엿소리를 크게 질러대고 시커먼 관 몇 개를 늪혀 놓고 플래카드로 시위 중인데 공공장

소를 등기 내려고 펜스를 몽둥이로 탕탕 치고 다니며 시민들
에게조차 공포와 불안을 조성하며, 눈치 따위는 아랑곳 않는
눈감고 귀 막고 사는 인간 뻐꾸기들

만남의 장소가 되어야 할 광장은 삼중 펜스가 세워지고 붙박
이 거대한 화분, 느닷없는 바윗덩이, 법이 짓밟히고 있는 작은
광장

뻐꾸기들에게는 또 다른 뻐꾸기가 약일지도 모르지

동암역은 급행전철 정류장으로 큰 역이다. 역사 정문과의 거리 십 보
앞에 포장마차를 갖다 놓는 횡포로 인해 좁은 역 광장이 방해물을 설치할
수밖에 없다. 큰 바위, 다 삭아버린 큰 화분, 작은 펜스들이 촘촘히 박혀
있어 몇 년째 불편함을 주고 있다.

안내견

계란만한 근육이 물결치는 엉덩이
휘장을 가슴에 두른 사관생도 같은
주위가 소란스러워도 동요됨 없이
온갖 소음에도 고요한 산길을 걷듯

세 발자국 떼어 놓고 뒤를 돌아보는 여유로움
등의 우람한 곡선은 위엄을 업고
수십 년의 수도생활을 한 성자인 양
얼굴은 부처님의 미소가 자리를 잡고

소리 나지 않는 발소리 대신
몸의 출렁임으로 전달하는
주인은 볼 수 없는 멋진 보디가드
몸으로 느껴지는 안도감

볼 수 있는 자보다 더 잘 찾을 수 있게
딱 세 발 앞서서
눈뜬 자보다 더 잘 갈 수 있게

부모 같은 심정으로

절로 눈길이 가는
자꾸만 마음이 가는
악수하고픈 친근감
인간 경계에 있는 안내견

미움

나에게 미움이 있다면
한 번에 쓰게 하지 마세요
나누어 쓰되 반만 쓰게 하세요

그리고

그 안에 측은지심을 주어
나머지는 잊어버릴 수 있게
망각할 수 있는 능력을 주세요

태산

비가 오락가락 하여 멀리
산말랭이에 걸린 안개는
신선의 옷자락인 양 펄럭이고
꿈속의 꿈속에나 올 수 있는 길
태산에 못 오를까 걱정이 태산인데

안개가 물결쳐 산이 움직인다
하늘 길을 계단 통해 오르니
바로 신선이 된 듯하다
효성 지극한 이만 오를 수 있던 곳
걸어서 수년이 걸렸다는 곳에

생명수가 솟는 도교의 발상지
말로만 듣던 옥황상제가 계신 곳
딱 하나의 소원을 귀신 모르게 빌고
구름 타고라도 못 오를 리 없는 태산에서
일생평안 전가평안 받아 내려오네

섀도우

화려한 옷에도
오색찬란한 불빛에도
죽음의 사자인 양
'제7의 봉인'* 같이
검은 색 그림자

죽음처럼
땅바닥을 기는 것은
늘 참회하는 삶을 살라고
따라다니며 경계심을 주는
또 하나의 나

* "1957년 잉마르 베리만이 연출한 스웨덴 영화로, 중세의 기사가
페스트가 휩쓸고 지나간 지역을 지나가던 중 자신의 목숨을 노리는
죽음의 사자와 함께 삶의 시간을 건 체스 게임을 두며 여정을 계속하
는 이야기이다." 영화 장면 7명의 사람이 검은 옷을 입고 그림자처럼
움직이는 장면이 인상적이다.

시험에 빠지다

새 차 범퍼가 아침나절까지 멀쩡했는데,
쥐라기 공원의 모기 혈흔에서 자라나는 공룡처럼
의혹이 부쩍부쩍 자란다

수시로 들락날락하는 일층 사람
좋은 감정이 아닌 이층 사람
좀 전에 들렀던 KGB 택배 차

밝히고 말겠다는 독함이 아나콘다가 되어
몸을 휘감고 소용돌이 속으로 잠수한다.
이성이 의혹의 꼬리를 쳐내도 도마뱀처럼 다시 자라난다

저녁에야 며칠 전 찌그러졌음을 알고
내 안의 알 수 없는 내가 있음을 알고
비로소 나를 경계한다

절대로 증언하지 마라
편견 가진 자는 남을 해칠 수 있다는 말
되새기며 시험에 빠진 날이었다고

무 장다리

여기저기서 바라보는 눈빛에 우쭐했고
자부심으로 어깨가 넓은 남편과 함께 다니던
세상 물정 모르던 어린 아내
오십 년쯤 할 애틋함을
십 년 동안에 퍼붓고는
정을 떼지 못한 채 암으로 세상을 뜨니

얼이 빠진 듯
사십구재 겨우 넘겼을 무렵부터
주스 배달원과 소문이 나서 측은 터니
얼마 지나지 않아 직수긋한 남자와 팔짱을 끼고
고개를 반쯤 숙이고 얼굴에는 물기가 서려
짓눌린 무게 때문에 비난할 수 없었고

언젠가 가로등에 불이 켜질 무렵
어린 남자와 손을 잡고 가는 모습이
자기 살과 피를 다 뽑아 피는 무 장다리 꽃 같네
꽃은 몸을 팔아 기력을 다해 핀 듯

보라, 분홍, 노랑 색깔 엷다
눈이 마주 치면 미안해 할까봐
슬금슬금 내가 피했는데

씨도 안치지 못하고
구멍 숭숭 뚫린 버려진 무가 되었다고
후에라도 후회 드는 일이 없기를

녹명鹿鳴

얼마나 뜨거운 가슴이길래
홀린 듯 꿈결인 듯
머나먼 동방의 희미한 등불 찾아
쇄국정책의 입만 큰 우물 안 개구리들
게으른 나라를 어떻게 껴안았을까

세종대왕의 환생이 아니고서야
우리글을 삼일 만에 쓰고 읽었다니
언문 창제 후 띄어쓰기 필요성 알리고
기적 같은 한글 신문 발행
불쌍한 백성을 깨우쳤다니

호머 헐버트 시나이 산의 불덩이였구나
웨스트민트사원에 묻히기보다
한국에 묻히기를 바랐으며
우리의 주권 회복을 위해 독립운동까지
한국인보다도 더 한국을 사랑했으니

우리들 염려로 눈감지 못하고

사슴이 되어 울고 계실지 모를 연민
여호아를 하느님이라 일러주신
우리 가슴에 꼬옥 끌어안아야 마땅할
이제라도 그의 영혼은 나의 조상

외포항

공범자처럼 줄줄이 목줄을 매고
공중에 매달린 채
지옥불에 빠져 벌을 받는 듯
뜨거운 태양에 몸을 뒤트는데

불효의 죄를 저질러서인가
역적죄인가 살을 포 뜨고
능지처참으로 몸을 갈라
건조당하는 벌을 받는다

아버지 사랑은 제살로
자식을 키우는 가시고기가 있고
부화 때까지 금식하며 죽음으로써
자식을 지키는 연어가 있는데

만삭의 몸으로 끌려와 좌판에 던져진
출산 전이라 같은 운명의 새끼 때문에
눈을 감으려 해도 핏물 가득 고인 대구 눈
뭉클 모성애가 파도처럼 밀려온다

제 2 부 집으로 오는 그림자

나의 시 창작법

시를 볼 수 있다면
구상하여 그림을 그릴 수 있고
살을 붙여 소설이 될 수 있고
상상하여 시나리오가 되어야 한다

시를 읽을 수 있다면
슬픔을 느껴 어머니를 그리워해야 하고
인정을 베풀어 용서해야 하며
사랑하는 마음이 생겨야 한다

시를 말할 수 있다면
가난한 사람도 알아들을 수 있고
부자도 이해가 되고
서로 손잡을 수 있어야 한다

그리고
이해하지 못한다 하더라도
알아들을 수 없다 하더라도
참이 거짓을 이겨야 한다

시詩

젊은이가 썼다 해서 젊은 시는 아니다
가벼움으로부터 벗어나려고
중량을 늘이고 치장하여 붙이고
포장하고 과장하여
완전한 시가 되려고 꾸민다

늙은이가 썼다 해서 늙은 시는 아니다
무거움에서 거추장스러움을 떼어내고
과대포장 줄이고 화려한 말들 지우고
아름답게 꾸미려던 피로감에서
솔직하고 순수함을 지향한다

그래서
시는
청춘이다

집으로 오는 그림자

박찬갑의 산타클로스 작품 뒤 배경에
영상이 흐르는데 카메라를 들이대니
뒤쪽의 불빛에 내 그림자와 겹쳐
화면에 새로운 작품이 찍혔다

무성한 나무 그림자는 시원한 그늘이고
산골의 산 그림자는 밤을 일찍 부르고
카라반이 흘리는 침 그림자는 고통이고
스핑크스의 그림자는 수수께끼이고

키만큼 큰 쟁기를 지고 오는
몇 배 큰 아버지의 달그림자는
아버지보다 먼저 고개를 넘어
내게로 달려오는 그리움입니다

멍에

이 가브리엘 신부 아주 오래전 보좌 신부 적
명도회 교사들과 수련회 갔다가
자매 하나가
종아리 닿는 물에 주저앉아 하늘나라 별 되니

가슴에 짓눌리는 멍에 끌어안았다
누군가가 보았단다
밤이슬 맞고
그 애 무덤에서 내려오는 것

말로만 듣던 신부님 돌고돌아
우리 본당 주임으로 오셨는데
환한 얼굴인데 살 한 점 없으시다
소문이 내 마음 틀어쥐어 짠한데

냉담자들 돌아오라고 정성을 다하시고
본당 중간 층계에서 마주친 나에게
두 손을 꼭 쥐며 잘 오셨다고 인사해

순간 예수님인 듯한 신비감을 맛보았는데

냉담 중에 카톡이 울려
마지막 미사 강론에서
천국에서 만나자고 하시고는
선종하셨다는 알림

슬픔이 준비하고 있다 눈물이 흐르는데
자매님이 보내주신 무덤 앞에 영정사진
최대한 확대하여 보니 티끌 하나 없는 환한 얼굴
긴 세월 무거운 마음 벗은 듯하여 내 슬픔이 삭고

영혼은 나비처럼 가볍게 훨훨
노래 부르며 하늘나라 가시는 동안
못 다한 세상 구경하노라면
천사들 나팔 불며 마중 나오리

어느 하루

아침에 눈을 떴음이요
거울을 보고 싶음이며
배고픔이 밀려왔음이며
옆구리에서 외로움을 느꼈음이다

오늘 미워하는 마음이
고개를 들지 않았음에 기쁜 일이며
스쳐간 친구를 그리워했음이며
고맙게 해준 분들을 기억했음이다

쇳조각 같은 미움의 세포가 죽어
한 조각 사라졌음이며
세상을 뜨거운 마음으로 바라볼 수 있음이며
죽은 이들을 쏜살처럼 기억했음이요

내일은 희망으로 오늘과 생각이 다를 것이며
새롭게 솟아난 마음을 갖기 원함이며
가벼운 슬픔 정도로
해결될 수 있는 일이었으면 하는 바람이다

맷돌

홀아비 석공
비석과 망부석 바라보다
늦게까지
단짝으로 살고 싶어

암수 한 쌍 맷돌을 다듬는다
수쇠 암쇠가 만들어지자 일심동체로
불평불만 않게 먹을 입만 만들고
도망갈 수 없게 다리 없는 앉은뱅이
싸울 수 없게
한쪽 팔 꽂을 자리 뚫고 보니
참 어처구니없다

어차피 맺은 인연
둥글게 살아보자 하고
우주처럼 돌고 돌리니
해 뜨고 달도 뜨더라

목각 지장보살

볼 수 없는 그리움에 눈동자 새기고
만질 수 없는 슬픔에 입술을 깨물며
삭힐 수 없는 저림에 몸을 깎고
새가슴 탱자나무로 울타리 치고

태워도 태워도 태울 수 없는
지워도 지워도 지워지지 않는
보고픈 마음 감추고 감춰
죽은 소나무에 혼을 넣는다

견디기 위해 마음으로 깎고 보니
그리운 눈물이 머리 위에 떨어져
머리카락 없는 지장보살이 되니
나는 지장보살인 내시의 아내

고치에서 나와라 나방아

-조카에게

고치 속에 몸을 만 채 어둠 속에서 꼼짝 않니
언제 날개를 퍼덕일 거니
밝음이 있다는 것을 잊어버렸니
푸른 꿈이 뜻하지 않게 깨졌지
눈을 돌려봐 생각을 바꿔봐

고개를 들어봐 많은 누에들이
소나기 소리로 꿈을 만들고 있잖니
그 많은 중에 너만 어둠의 끝자락에 있을 수 없잖니

어둠을 깨봐
병아리가 껍질을 쪼고 나오듯
기도한다 지금 이 방황이 밑거름이 되길

그 중에 네 색깔 하나 없겠니
검은 색도 수백 가지 색을 포함하니
너는 남보다 더 많은 색을 가졌어
그것을 꼭 알기 바란다

나에게

주름이 늘거나
머리숱이 줄거나
어깨가 굽거나
외모가 볼품없어도 괜찮습니다
나에겐 측은지심이란 무기가 생겼어요

늙으니 재산 줄고 힘은 빠지지만
시간이 늘어나는 것은 여유입니다
귀가 세상과 멀어지거나
눈이 어두워지는 것 또한
걸러서 듣고 보고 관조하라는 뜻입니다.

나이 든 만큼 아집을 떼어내는 것
나이 들어 할 일입니다
이루지 못한 꿈이 있다면
진정한 꿈을 꾸어봤다고
자신을 위로하면 됩니다

슬픔이 없다면 기쁨을 기억하지 못하고
불행이 없다면 행복을 잊어버리듯이
오래 산 사람만이 가질 수 있는 너그러움
그래서 나이 든 사람 앞에 서면
고개 숙여지는 그런 사람이 되고 싶습니다

슬픈 소곡

서늘함은 예감을 키우며
가을이 아름다울수록
죽음을 생각하게 하는 계절

우린 한 콩꼬투리 속에 있었다
만 가지 색깔로 물 든 따뜻한 날
떨어진 낙엽이 급히 뛰어가고
허전함이 동굴을 헤매듯

세 살 많은 오빠가 연기로 날고 재가 되어
네거티브 필름이 되었다
아무리 울어도 기쁜 일이 있어 웃는다 해도
가슴에 남은 눈물 자국 사진에 찍힌다

차라리
태어날 때 슬퍼하고
떠날 때 기뻐할 일이라면
참 좋겠다

엄마의 계보

비로소 알았네

딸이 엄마가 되는 날
딸은 없고 엄마만 있다는 것을

딸이 나를 가르치려 할 때
내가 엄마를 가르치려 했다는 것을

지금 내가 반으로 꺾이는 인생에
엄마의 인생을 반으로 꺾었음을

정말 불효녀였다는 것을
다시는 고쳐볼 수도 없음을

내가 후회했듯 네가 후회하는 날에
너에게도 딸은 없다는 것을

비로소 알았네
못 다한 위로도 할 수 없다는 것을

초콜릿

밸런타인 지나 입안에 퍼지는 초콜릿
달콤하고 쌉쌀함이
배가 쿨렁해지며 최면에 빠져든다.
허기지고 꺼칠하고 버짐 필 때

피난민에게 주어진 미군의 구호식품
우유 가루와 초콜릿 가루
꿈속에서도 먹어보지 못했던 음식
동무가 알려준 정신을 녹이는 맛

맛의 유혹에 잠 못 이루고
마음은 수없이 구걸했지만
어린 자존심과 싸우느라 살을 빼곤 했다
혀가 기억하는 황홀한 맛

초콜릿이 기억의 맛을 되살릴 때
눈물이 핑 돈다.
임산부가 입덧할 때 음식의 맛을 기억하듯
맛에도 슬픔과 기쁨이 있다

앨범

과거의 문을 여니
잊혔던 기억들이 달려오고
주마등이 흐르고 파노라마가 뜨고

토네이도의 강력함이 돌고
변화무쌍한 구름이 흐르고
꽃이 피고 지고 벌과 나비가 날고

태어나고 소멸하고
웃음이 있고 행복이라 말하고
내 인생이 앨범 속에 있네

친구들이 내 곁을 지키고 있고
경조사가 차곡차곡 쌓여 있고
무덤 속 순장 품들이 가득하다

지금이라면 말을 걸 텐데

수업이 끝난 주말 엄마 품을 찾아 버스를 탄다
장마 통이라 백석에서 흙길이 끊겼다
되돌아가기 서운해 맨발로 걷는다

귀신 움직이기 알맞은 어둠
안개가 머리 풀고 도깨비불이 날고
해병대 공동묘지가 있어 불안하고

점점 어둠이 두려워질 때 인기척 소리
불안이 도깨비바늘이 되어 온몸을 찌른다.
분명 강자일 거야 제압할 수 없을 거야

온힘을 다해 길을 당겨 걷고
뒤쪽의 발소리가 등살을 잡아당긴다
힘에 지쳐 길을 늦추자 인기척도 등살을 놓는다

흘끗 돌아본 반짝 빛나는 교모 마크
나를 의지했구나 내가 뒤에서 걸었더라면
나는 볼 수 없었고 그는 나를 믿고 있었구나

유년의 뜰

한여름 붉게 물들은
먼 곳의 저녁노을에
너무 붉어 불바다가 연상되어
그곳은 북쪽 하늘이라
붉은 공포요

내 키보다 훨씬 큰 호밀밭
고랑에 들어서면 바람이 일어
열병식 군관모양 희열을 느낄 즈음
간 빼어먹는다는 문둥이 생각에
푸른 공포요

하얗게 빛난 밤 마실 갔다 집 모퉁이 돌 무렵
호롱불 같은 눈을 가진 부엉이 콧소리 소름 돋아
남의 오이 따 먹은 게 떠올라
집 가까이 두고 밤길을 도망쳤던 것은
하얀 공포였다

왜 할미꽃인지 궁금했는데

봄이면 일찍 눈에 띄는 꽃
바삭한 풀 틈 비집어 고개 한껏 숙이고
배내털을 온몸에 감고 솟아오르는

자주색 벨벳 꽃잎으로
엄마 나들이 옷 해드리고 싶게 포근하고
꽃잎 오려 입술에 붙이면 세상에 없는 립스틱

혼백인 듯 산소 가에 나타난 강한 생명
만지면 꺼질 듯 생로병사의 형상으로
호호백발 되어 사그라지는 꽃

여자의 일생 같은 꽃, 어머니는 강하지
그 어머니의 어머니는 더 강하지
그래서 할미꽃이구나

자두

시골 친구가 맛이나 보라며
천상 과일인 듯 볼 붉고 새촘한
자두 한 소반을 보내 왔다

탱글탱글 피부가 터질 듯
발기된 유두처럼 꼭지가 발끈발끈
하얀 접시 위에 자두 두 개
황진이 젖무덤이 이랬거니

옥색 도포의 선비, 붉은 자두 봤다면
여인네 생각에 군침이 돌고
당장 마른침을 삼켜야 했으니
갓끈을 고쳐 매지 않을 수 없으리

시서에 능하고 가락에 탁월한
황진이 같은 기생이 되고자
꿈꾼 적도 있으니
한쪽 눈 찡긋 시고 달다

여주

노란 꽃 활짝 필 땐
담장이처럼 오르며
그리움 님 볼 수 있으려나 하다
꽃이 지자 섬유종처럼 울퉁불퉁
보이고 싶지 않은 얼굴

고슴도치는 물론 아니지
카멜레온도 아닌 것이
이구아나가 놀다 갔나
도깨비방망이 같은 것이
푸른 여주 썰어 채반 위에 너니
아메바가 번식하는 것 같고

가끔씩 풀벌레 놀다가 슬픔 달래고
낮에 눈감고 달빛에 얼굴 보며
사나운 눈초리 피해
푸른 밤 몸 벌려 보여 주니
손 타지 않게 위장한
붉은 보석함이었구나

내 구두굽이 높았을 때

어린아이였을 때 나는
산림녹화 위해 송충이를 잡은 게 단데
이모 삼촌 들 독일의 간호사 광부로
오빠들 월남전에서 목숨 걸고
형제들 열사의 땅에서 땀 흘린 덕으로
국가는 나날이 눈부시게 발전하고
무조건 반대자 때문에 최루가스 날아도
큰 걱정 않았던 것은
정직한 대통령이 버티고 있어서였다

화장 안 해도 예뻤을 때는
남자 직원이 킴 노박 같다고 하여도
그녀를 본 적 없어 멍청히 대꾸도 못했다
그게 진심이든 그냥 던진 말이든
너무 예쁜 그녀의 얼굴을 확인한 후
놀리는 심보에서 했던 말일지라도
나에게 베풀어 준 덕이 되게 받아들였지

천 시인이 '참 예쁘네요' 하니
최 시인이 '예전엔 킴 노박이라' 했답니다
나를 유명배우에 비유했던 그 직원
그 말 한마디가 내력이 되어
예뻤던 기억으로 남게 되었고

미투 사건이 세상을 떠들썩하고서야
새삼 내 젊음이 무난했던 것은
노자 같은 직장 상사 때문이며
칭찬과 격려가 시나리오를 쓰게 했고
예쁜 줄 몰랐어도 진심으로 감사할 일은
업무로 자료 수집하러 다닐 때
당신 차를 쓰라는 이사님 있어
정말 예뻤거나 자신감 충만한 시절

장발과 미니스커트 단속 중이라도
뜨거운 피와 발광하는 청춘은
나이트클럽이 천국이었던 적도 있었지

내 인생의 빛나던 시기는
일 년에 상영하는 외화를 몽땅 보고
연극과 뮤지컬 공연을 마음껏 봤던 그때
무대 속 주인공이 되어 보기도 했지

내 생애 전쟁은 없었다 하지만
도덕과 원칙이 짓밟히는 일 생겨
힘겹게 쌓아 논 금자탑 기울어
국민으로 욕심 없는 삶도 쉬운 일 아니므로
기억되는 일은 소중한 나의 힘
이젠 내 걱정보다 남 걱정할 나이
총알보다 강한 힘의 투표권 하나 있어
기울어진 탑 바로 세움이 최선의 길

제 3 부 광장시장

목련

바람이 봄이라고 속삭여
잠결에 눈비비고
불쑥 속살 드러냈더니

찬바람 스치자 알몸인 줄 알아
부끄러워 미소로 몸을 가리니
세상이 환해지네

연산홍

지난겨울 영하 십팔도 추위에
꽃눈이 얼었는지
빨강 분홍 진홍 흰색의 연산홍
꽃무더기였던 자리 원형 탈모로
드문드문 피었다

내년에나 보려나 했더니
봄비 맞으며 마음 다잡은 꽃나무
쌍눈을 뜨려고 줄기를 뻗는데
마치 녹차 순인 듯 소복소복하다
꽃만 눈에 들어오나 했더니
아기 손 같은 애순이 내 마음을 붙든다

춘설

마음을 하얗게 하는 너

봄에 밀려 시샘으로 왔다가

따뜻한 햇볕

포근한 바람이

살포시 껴안으니

마음도 고와

후회의 눈물 되어

땅 속으로 숨어드네

봄비

추운 겨울 잘 견뎌낸
맨살 나무에게

몸 숨기기 힘겨웠던
산새들에게

한겨울 목숨 지탱한
뿌리들에게

투정하지 않고 겨울잠 자는
동물들에게

꼬물꼬물
애벌레들에게

고마움으로 보내는
감사의 눈물이다

꽃샘추위

겨울지기 찬바람
밤새 자지 않고
한강 임진강 바닷물까지 얼렸네

낮에도 언 땅 녹을세라
주뻣주뻣 서성이다
지친 몸 하늘에서 쉴 때

녹작지근 하품하는 사이
기지개 켜는 나무
봄꽃들의 뽐냄으로 세상 환하다

깜빡 잠에서 깬 겨울바람
고향 못 갈까 도망치다
무심결에 뒤돌아보니

아름다운 세상 천국 같아
잠시 들러
서운한 맘 꽃들에 들비비고 가네

잔풍

아름답던 꽃들
늙어 머리털 빠지듯
듬성듬성하더니

계절풍 불기 전
남루해진 꽃잎 걸치고
회오리로 사라진다

엘니뇨

입동 지나 보름쯤 후
희망의 노란손수건처럼 남았던
은행잎도 나비처럼 날아 지고

한여름 목이 갈라지도록 가물더니
궂은비로 무말랭이도 말리지 못한
초겨울 장마 이마 위 먹구름 잔뜩

가로등 불빛을 타고 잡힐 듯 나는
나비 한 마리 엘니뇨로 본능을 잃었나
귀한 비라도 잠시 멈춰 날개 젖지 말았으면

몸 가릴 나뭇잎도 졌는데 더듬이는 강건한지
내년에 꼭 돌아오라 꼭 돌아와야
나뭇잎이 돋고 꽃이 필 테니

새

찬바람이 살을 때리고
짧은 해 햇빛 좇아 몸을 트니
고스러진 단풍잎 몇 개 달랑달랑
쓰러져 가는 새둥지 삐거덕 삐거덕

서러운 마음 서운해 눈물 고인다
사방이 눈총인데 위험 무릅쓰고 찾아온 새
은혜가 서 말쯤 찾아들어
괜한 마음 미안해 코를 훌쩍인다

생가 찾아온 텃새
나무껍질 깃털로 보듬고
가슴 털로 데워 주니
터진 살 가려워 나뭇가지 들어 올린다
겨드랑이며 등을 쪼아 위로한다

여름날 비를 막아주고 몸을 가려준 나무
벌레를 끌어들여 먹이를 줬음을 알기에

나무는 숲을 이루지만

새는 나무를 가꾼다

자기 새끼를 위해

* 「집회서」 4장 31절 '은혜를 갚는 사람은 미래를 생각하는 사람이다'라
는 말에 의미를 두며

일조건

터 잘 잡은
양지에 벗과 목련
이미 바람에 졌는데

큰 건물로 응달에 갇힌 목련
햇볕 동냥으로
어렵게 반쯤 벙글었다

남쪽에서 해 뜨게 할 수 없고
건물을 잘라 낼 수 없으니
내년에는 옮겨다 심을까

햇볕을 바가지로 퍼 나를 수 없다면
따뜻한 카시미론 솜으로라도 싸줄까
앞 건물에 반사경 달아 석양볕을 쬐여 줄까

따뜻한 보일러에 이불 뒤쓴 나이므로
맨몸으로 엄동설한 겪은 나무를
무심히 볼 수 없는데

일조건이 사람에게만 필요할까
외부 보호막 없어 더 소중한 햇볕
그래서 더 아름다운 늦게 핀 꽃

이파리

바람에 떨려
상처 날 것 같은
너를 바라본다

날벌레가 힘에 겨워
지친 몸을 기댄다 해도
애처로워 볼 수 없겠다

늙지 않을 것 같은
고운 숨결들
꽃이 아니고 잎이다

오염되지 않은 순수함
너를 향해 끝없는 마음이
입을 맞추고 볼을 비비고

비가 되어 살살
애정을 쏟아 부어

너를 닮는다면

사랑 받는 사람으로
꽃도 아닌 열매가 아니라도
한때 푸르렀으므로 빛나리

드루킹

소용돌이가 물밑을 감돌고 있을 줄이야
드루킹의 댓글 조작 사건이 터진 봄
느닷없는 짧은 봄장마
몸의 흔들림이 아니라 정신이 혼미한 꽃들
댓글 참여 수가 기하급수적으로 올라간 것처럼

하얀 세상인 줄 알았더니
아카시 꽃 이틀 만에 생 젖니처럼 빠져 떨어졌다
이팝나무 눈송이 같더니 왕겨처럼 흙바닥에 뒹굴고
땅만 보던 때죽나무 떨어져 하늘을 보나 멍청한 웃음이다
바람은 중심이 없는 흔들린 꽃들을 추렸다

바람이 몸은 흔들어도
마음까지 흔드는 것은 아니다
부추기는 댓글로 마음이 흔들린 사람들
방향을 잃고 촛불집회에 참여한 무리들
헬륨풍선처럼 하늘을 떠돌다 터지겠지

곶감

하마터면 땡감이 될 뻔했네
한발 물러서 침묵으로
조명도 한 번 받지 못하고

누구의 눈에 띄지도 않았지만
속으로 끝없이 육신을 다듬어도
연시로 남지 못했지만

몸을 깎아 곱게 단장하니
따뜻한 햇볕과
천상의 시원한 바람이

누란국의 미이라인 양
스스로 분칠까지 하며
쫀득한 곶감으로 태어났네

삼복더위

중복 전날 남쪽에서는 폭우가
중부는 가슴골로 냇물이 흐르듯
만원 전철은 최대 냉방이라고 외치고

목마른 이가 터트린 탄산수
주위 사람들 음료수 폭탄을 맞아
멋진 남자 앞 지퍼가 흠뻑
네이비블루 티셔츠에는 포크다 무늬
날벼락 같은 사건에 사람들은 침묵

민망해 할까봐
어린 여자의 얼굴은 못 보고 발을 보니
펄이 박힌 페디큐어 바르고 있네
예쁜 여자 애여서 그랬나
아무 일 없었던 듯하다

죄송하다는 말이 없어 불안하고
내가 너무 미안해 흘깃 본 그녀의 얼굴
미안함이 땀처럼 흐른다

지심도

비췻빛 바닷물에 앉은
마음 심자 동백섬

동백꽃 보러 왔건만
몸이 근질근질한 놈만 몇 송이 피고

아직은 오르가슴 중인 듯
몸을 덥힌 푸른 잎만 붉게 달뜨고

동박새도 화려한 꿈을 꾸는지 자취 없고
생리 전 젖멍울의 아픔으로 오므린 채

겨울 동백이 아닌 춘백은 아닌지
겨울 끝자락이라야 피는 것을

나루터 휴게소 벽화에 담은 뚝뚝 진
화려한 죽음만 눈에 달고 돌아오네

고운 연정 뒤에 숨다

무릎까지 눈 덮인 산
숨이 턱까지 차오르고
태풍으로 누운 고목이
호랑이로 보일 때 비로봉 정상

너무 맑아 푸른 달걀 같은 우주
가슴에 가득 품어 들뜬 마음
적멸보궁에서 기다리는 영옥에게
사진으로 그림으로 마음으로 전할까

적막한 툇마루엔
그림자 없는 햇빛만
눈석임물 소리 풍경소리
마당엔 참새 발자국만

상원사 새끼마루에 작게 앉은
볼이 빨갛게 언 친구
스님이 너무 잘 생겨

눈을 맞출 수 없어 피해 왔단다

그녀의 상기된 볼을 보니
권운충에 머리를 들이밀었던 것보다
친구가 훔친 마음이 더 뜨거워
미소로 할 말 대신하네

천년의 침묵

금강산 끝자락 사대 사찰 건봉사는
천년을 지키느라 찢기고 그을리고

만물이 밤낮을 나눠 움직이고 잠들 때
물만이 밝음과 맑음에 숨죽여 흐르고
어둠에 잠들다 소멸될까 염려하여
깨어나라고 소리 더욱 커지니
낮은 곳으로만 흐르는 물
읽으라 들으라 낮추라 하네

수백 년 소나무는
호미를 쥔 어머니의 손등처럼 거친
거룩한 손으로 하늘을 받치고

승병장 사명대사의 기운이
지금도 신선처럼 산사를 감싸고
주춧돌에 굳어진 넋과 얼이
승복자락이라도 만지고 싶은 마음

스님이 스쳤던 사찰 기둥에 등을 기대보네

전쟁의 화마에 겨우 살아남은
부처님의 치아사리가 지킨 적멸보궁
들으려 해도 들리지 않고
읽으려 해도 보이지 않는
한 점 바람으로 스치는 천년의 침묵

재벌 까치

십팔 평의 사람들이 공원을 돈다
이십사 평의 사람들이 운동기구에 매달려 있다
삼십이 평의 사람들이 고로쇠나무 밑에서 무심하다
전월세 사는 사람들이 벤치에 앉아 명상에 잠겨 있다

사람들이 사는 평수보다 수만 배나 넓은 공간에
사다리 없는 삼층 높이에
호화별장의 까치
작아진 사람들을 내려다본다

사람들은 때론 까치집을 부러워하지만
공원에 집 짓고 사는 까치를 보고 안심한다
위험한 전선 위에 까치집이 있음을 알고
그곳은 철거명령을 받고 곧 쫓겨날 운명임을 염려한다

미세먼지

밤새 살인자를 피해 다니다
죽어가는 목숨을 끌어안고
온 밤을 헤매었는데

며칠째 고층아파트가 회색 벽이 되어
탈출할 수 없도록 가로막았다
연일 미세먼지 최고 나쁨

집안도 독가스 물질로 가득
회색 안개가 문틈을 뚫기 직전 햇빛이 비췄다
풍선이 바람 빠지는 소리를 냈다

소리가 맑아지기 시작했다
땅속에서는 지렁이의 호흡소리
가로수는 몸에 붙은 오염물질 터는 소리

하루 더 길었다면 분리수거도 못하고
구토와 오물이 범벅이 된 지옥에서
소리도 못 지르고 눈물만 흘렸겠지

광장시장

미세 먼지와 황사가 서울 하늘을 덮었다
가로등도 어두워 종로거리가 생명이 다한 것 같다
희미한 푸른 횡단보도를 건너 광장시장에 들어섰다

한겨울인데 골목은 봄이다
밝았고 아지랑이가 스멀스멀 피어오르고 있다
지글지글 빈대떡이 봄볕에 익고

포만감에 가쁜 숨을 내쉬며 순대가 뒹굴었다
먼 거리를 돌아온 듯
이야기가 빨랫줄처럼 길게 걸려 있고

논두렁에 앉아 막걸리를 마시듯
삶이란 보도블록 틈새에 핀 민들레꽃처럼
주어진 대로 환경을 받아들이는 것

오십 년 친구들이
장사진을 친 사람들 틈을 비집고

앉을 자리를 찾아 두 바퀴쯤 돌아 나왔다

먹자골목은 봄이었고 새싹이 돋고
오늘을 밟고 있는 사람들
내일을 준비하는 웃음이 꽃처럼 환하다

부활축일

11년 만에 최악의 미세먼지 끝에
이틀 동안 내린 비
꽃잎들이 추위에 파르르 떨며 진다
꽃들로 환한 세상 이 밤 지나면 끝나지 않을까

비가 멎어 함봉산에 오르니
나무 층계에 붙은 산벗 꽃잎 붕어 비늘 같다
맨땅에 하얗게 깔린 꽃잎 눈 내린 듯
아쉬운 마음 조심스레 발을 뗀다

구름도 없는데
햇빛은 어디에
밤새 떨군 꽃잎들에 미안해
얼굴을 못 내미나보다

몇 년 만에 사백 밀리 렌즈를 단 가시거리
삼일 만에 부활하신 예수님 계셔
기쁘고 놀랐던 것처럼

부활축일에 기적 같은 맑음

휘둘러 고려산에서 시작하여
감악산, 오봉산, 도봉산, 삼각산, 수락산, 불암산, 운길산
틈새에 서울타워, 남한산성, 관악산, 청계산, 영흥도에 배,
인천 앞바다
눈에 들어와 박히고 머물고 머물다

내 살점처럼 바람에 날리는 꽃잎
아픔을 감쪽같이 거둬 가시고
꽃향기 남겨 떠도니 꽃 진 눈 밝다
신축년 사월 사일 은총으로 가득하다

제4부 봄이면 새싹처럼 돋는 말

봄이면 새싹처럼 돋는 말

아버지 봄날 아침이면
산새 알 꺼내며 안 된다
새순 꺾으면 키가 안 큰다
새 생명 죽이면 엄마가 슬프다

야트막한 뒷동산
마른 풀숲에 새집
산새 알 꺼낼까 말까
지키다 깜박 잠들었다

산에서 자다
뱀이라도 물리면
시집 못 간다는
엄마 말에

새둥주리 지키다
아지랑이에 눈부시고
뱀 나올까 근심에
껌뻑껌뻑 졸음 운다   1985.04.20

놀라서 더 푸른 하늘

마당에는 아버지가 조 뭇을 손질하고
들국화 속 벌떼들 소리가 커지는 듯하더니
헬리콥터가 머리끄덩이를 잡는 듯
순식간에 제비가 물을 차듯 사라지니
놀라 내 몸집만한 조 뭇을 안고
개골창으로 굴러 처박혔다
가끔씩 군사분계선 접경지역에 공포가 다녀간다

둑에 피어 있던 노란 들국화
환한 웃음에 안도의 한숨을 쉬니
맷방석만한 들국화도 놀랐는지
떨어뜨린 꽃가루로 화장을 하고
티끌 하나 없는 하늘이 내려와 앉으니
그때 그 하늘은
최초의 바다 같은 맑은 하늘

달빛 속 박꽃은 그리움

더듬으며 달려가는
어릴 때 기억은
늘 다섯 살로부터

뒷간 지붕 위에 박꽃이 달빛에 유난히 빛나던 밤
잠에 겨워 집 마당 가까이 오며
박꽃 같은 하얀 모자 갖고 싶은 마음으로 모퉁이를 돌 때

끄륵끄륵 꾹끄륵 수풀 속 부엉이 소리
양푼만한 헤드라이트 속에 비친 꼬마 모습
깜짝 놀라 집 마당 놔두고 뒤돌아 뛰는데

누군가가 쫓아오는 듯
그림자에 쫓겨 달아났던 일
한발 앞이 집인데 왜 남의 집을 향해 뛰었을까

지금 생각하니
집은 텅 비었고
엄마는 마실 가셨던 게 분명하다

아버지의 고향

금간 이후로 보전된 땅 민통선
바람이 분다는 것과
햇빛이 그늘을 짓고
고요함이 공포스런
아버지의 고향

낫 하나에
백 리길을 고무신 신고
벌초하러 다니셨던 곳
술이 취한 날이면
외우시던 고랑포 대초리

흘러버린 세월과 함께
아버지 이름 지워지고
규제가 완화되어
꿈속에도 보지 못했던
금지 됐던 땅

조부모님 산소는 어딘고
아버지의 그리움이 씨 되어
내 마음에 울음 되었다
꿈에라도 알려 주시면
술 잔 올리고 절하련만

1985.07.14(음) 이 날은 아버지의 기일이다

아버지 유택

흙에서 태어나
고운 땅 위에 사시다
흙으로 돌아가시었다

미련과 한을 주먹에 쥐고
유언대로
맨발로 사시던 밭머리에 묻히셨다

까치가 봉분 위에 날 때
행여 그리운 자식들 오려나
산소엔 까치밥이 까뭇까뭇

보리밭 물결쳐 누가 오는 듯
눈이 아물아물
발 냄새 풍겨 오는 바람
아버지는 무덤처럼 휴식을 취하다

1985.06.05

오솔길

낡은 새끼줄이 버려진 듯한 오솔길

엄마는 밥 고리 이고 벌논 다니고

아버지는 달그림자 밟으며 쟁기 지고 돌아오던 길

철없던 때 골탕 먹이려 뜀뛰기 풀 묶어 놓았던 곳

메뚜기 개구리가 풀어 놓았나

무사했던 그 길

터주가리

가을이면 새 낟알을 담아
고깔을 씌워 놓고
터주가리 근처 가지 말라는
엄마의 당부

엄마 생리대 갈기갈기 찢어 팽이채 만들고
한지 책 엽전 구석구석 뒤져 제기 만들고
큰독 안에 숨겨 논 작은 꿀단지
숟갈에 긴 막대 매어 모조리 먹어치워도

엄마의 기원하는 모습에
궁금해 하면 동티날 것 같아 몇 해 참았는데
상사초까지 피어 더욱 신성한 장소 같아
털끝 하나 다치지 않았다

한가을 항아리에 햇벼를 가득 채우고
풍년과 자녀 위한 기원 담아 꽁꽁 창호로 마감하고
새 짚으로 상투 틀어 항아리에 덧씌운 터주가리
엄마의 정성된 마음이 조심스러워 뒷걸음 친다

연하장

일 년에 한 번만이라도 다정하고 싶다

가벼운 친절도 베풀지 못한
말 한마디 위로도 한 적 없는 것 같아
부족함에 혀가 말리는데

송구스런 마음을 연하장에 그려보는데

유월의 뜨거운 태양을 담아
베풀어 주신 은혜에 감사한다는 말

스스로를 위로하는 메시지

1984.12.31.

겨울 밤

처마 밑 참새가족
꿈을 꾸는 잠꼬대 소리인가
아니면 쥐라도 침입했나
귀가 나팔만해진다

등잔불 심지를 돋울 정도로
희미해지면
엄마는 꿰매던 양말을 접고
눈을 부비며 시계를 보고

그 저녁에 암굴왕*에 빠져 읽던 책을 덮고
귀 기울일 때
이불 속에서 들리는
가까운 논에서 얼음 죄는 소리

밤 마실 가신 아버지 그림자 키 만큼일 때
얼음 깨면 오시는가보다
나중에야 영화장면보다

내 머릿속 장면이 더 영화 같았음을 알았네

* 암굴왕 : 빨간색 표지의 몬테크리스토백작의 다른 이름의 책

노래하는 유투버

진실을 알리는 것은 고치에서 나비로 변하는 것
포박된 몸을 풀어내는 것이며
진실을 말하는 것은 태양을 끌어오는 것이고
평화를 지키는 밑거름이다

유투버 카니발 안에서
소주를 병째 들이키며
노래방 마이크로 노래를 한다
사백 명이 넘는 하해 같은 독자들
다독이고 위로하고 칭찬하고
댓글 창에서 대화를 한다

닫혀 있던 뚜껑이 열리며
심사(心思)가 뒤틀려 솟구치고
아주 오래전 아버지의 모습이 되살아났다
술 취한 아버지는 주머니에 돈이 다 떨어질 때까지
어린 동생과 나에게 노래며 유희를 시켰다
다음 날 술이 깬 아버지에게

지전은 도로 드리고 동전만 가졌다

재롱이 억눌림이고 짜증임을 새삼 알게 됐지만
이 상황을 접고 빠져나갈 수 없는 것은
그때 아버지의 술 취함이
삶의 무게가 버거웠을지 모른다는 뒤늦은 깨달음

방송이 끝날 때까지 두 마음에 고개를 들이민다

출산

소가 새끼를 낳을 때
지구 반이 접히도록 활을 당겨
궁륭이 된 후 꼬리는 하늘로 서고
뒷발이 앞발까지
힘이 가해지면 송아지는 문을 연다

지구 반쯤 쏜 화살의 힘으로
팽팽한 활줄은 창자 끊는 소리를 내지만
출산의 환희로 고통은 사라지고
새끼를 혀로 닦아
세상에 바로 세운다

1985.07.20

원주민의 땅

쫓기도 쫓긴 땅이
광물이 내장되어 있다 해서
밀리고 밀린 터전이
죽은 풀조차 흔적 없고
손바닥만 한 그늘도 없는
태양도 덜 뜨거울 리 없지만
물 한 방울 샘솟지 않는 곳이
인디언 보호구역이란다

수백 킬로 되는 콜로라도 강 꼬리도
이들의 주거지역을 비켜 갔다
천년이 지난다 한들 가망이 있을까
절망의 땅에서
원주민 전통복장으로 버티지만
지진이 갈라놓은 건너뛰기 어려운 너비에
천 길 낭떠러지 지옥문이 입을 벌리고 있어
비정함까지 버무리고 있다

1993.08.25

113

캐니언

신이 만든 조각품 그랜드 캐니언
이 세상에 더 이상 볼 것이 없을 듯
밤마다 여신의 손길이 닿은 듯하다

홀딱 벗어 부끄러워
얼굴 붉어진 브라이스 캐니언
파이프오르간 같다

헤라클래스처럼 울퉁불퉁
무한한 힘이 솟는 시온 캐니언
웅장함이 심벌즈의 소리가 미끄럼 탄다

1993.08.27.

삼각산

깊고 넓은 품이
골짜기를 만들어
물줄기를 뿜어내고

치마폭 같은 넓은 바위
믿음직한 어깨 같은 능선
꼭 부모님 같다

개미와 진딧물
오목눈이도 뻐꾸기와
삼각산에 산다

진달래 보육원

눈 위에 찍힌 발자국 위에
단풍으로 화려했던 골짜기도
망각된 회색으로 침묵한다

햇빛도 다녀갔고 골짜기도 얼어
산새도 솜털을 추위에 떨며
지는 해를 아쉬워한다

어둠이 밀려드는 산 속
찬바람도 울어 지칠 때
고아들은 허전함을 그리움으로 지샌다

내일도 이 골짜기에 태양이 들르겠지
끌어안은 희망을 채워주려
운동화, 속내의와 함께 영사기를 들고 간다

1985.01.12.

세 례

눈이 펑펑 소리를 낸다
한복 입고 성당 가는 길
이 길을 이미 걸었던 것 같습니다
오늘처럼 죽는 날까지 이어지길

이마에 카리스마유로 십자가 새겨지고
성가처럼 성스럽게 눈이 쌓이고
의미 모를 눈물이 주르륵
촛불을 받아든 손이 떨립니다

기쁨으로 무릎 꿇었으니
변화의 시작일 겁니다
미소를 띤 나의 초상화가 항상 거울에 머물러
이 모습이 변하지 않기를 소망합니다

1984.12.23

말

쏟아진 말들은
거미가 뽑아낸 거미줄처럼
끈적끈적한 흔적이 남는다

한번 뱉은 말들은
지독한 바람이 불어도
소낙비가 내려도

거미가 쳐 놓은 덫에 걸려
인터넷 한구석에 박혀
세상을 떠돈다

말 없음 표의
……………
은혜로움이여

1985.01.25

해 달 별

여름이 여름답기 위해
군불까지 지피다가
녹초가 된 석양

멀리서 마중 나온 낮달
눈썹 모양으로 미소 지으며
밤을 밝히다 하품하고

온갖 풀벌레 노래하니
해와 달이 고마워
별들이 반짝반짝 눈물 글썽인다

홍역 같은 사랑

문득 문득 생각나곤 하지
일 년에 두 번 방학 때면
대구에서 언니네 왔고
내 방에서 같이 잔 친구

언제 어떻게 알게 됐는지 모르지만
뒷집 오빠랑 연애하던 여중생
난 네가 언니 같다고 느꼈어
홍역아 아물어라 할 땐 내가 언니였어

그때 넝쿨 장미 만발한 담을 끼고
기찻길 옆 복숭아밭에서 둘이서 속삭이다
늦게 돌아와서는 달뜬 말들을 나에게 쏟았지
말보다 네 눈동자에 박힌 수많은 별을 세었단다

다시 보자거나 만나지 말자는 말도 없었어
눈에 선한 것은 나비처럼 팔랑거리고
밤 고양이모양 눈이 빛났다는 것

우리가 헤어진 건 너의 사랑이 깨졌기 때문

정숙이도 기억할까 나를
첫사랑이라 지워지진 않을 거야
아직도 간직한 클로버 속에 그 여학생
빈 호주머니 뒤지는 듯한 텅 빈 그리움

밤길

달을 머리에 이고
혼자 걷는 밤길

무서움이 어둠처럼 밀리므로
모두가 적이다

발의 높낮이가 심해지고
제 그림자에도 놀라니

부스럭 소리에도 두근두근
제 숨소리에도 벌떡벌떡

담력이 벼룩만하니 발끝이 뛴다
주위를 훑고야 두려움을 벗는다

1985.09.20.

몽돌이 아름다운 음파소리를 내듯이

이경수(문학평론가)

1.

　최진자의 시에는 종교적 영향의 흔적이 드리워 있다. "양화진 선교사 묘지"를 그린 「별 밭」 같은 시나 "웨스트민트사원에 묻히기보다/ 한국에 묻히기를 바랐으며/ 우리의 주권 회복을 위해 독립운동까지" 한 "호머 헐버트"(「녹명」) 박사를 그린 시에서 그러한 지향이 분명히 드러난다. 그렇다고 해서 시인의 마음에 미움이 없는 것은 아니다. "새 차 범퍼가 아침나절까지 멀쩡했는데," 찌그러진 것을 발견한 순간 "쥐라기 공원의 모기 혈흔에서 자라나는 공룡처럼/ 의혹이 부쩍부쩍"(「시험에 빠지다」) 자라는 자신을 향해 경계하는 마음을 가질 때나 자신과 정치적 견해가 다른 이들을 향해 적의를 드러낼 때 냉소적인 미움의 태도가 불쑥 모습을 드러내기도 한다. 어쩌면 그런 까닭에 "나에게 미움이 있다면/ 한 번에 쓰게 하지 마세요/ 나누어 쓰되 반만 쓰게 하세요"(「미움」)라는 기도가 시인에게 필요한 것인지도 모른다. "측은지심"과 "망각"을 희

123

구한다는 것은 아직 측은지심에 이르지 못했다는 뜻이기도 하겠다.

자연을 대하는 최진자 시의 태도는 자연으로부터 배움을 얻고 인간사에 대한 깨달음을 얻고자 한다는 점에서 서정시의 본질을 관통하고 있다. 자연에서 얻은 깨달음은 종종 아포리즘으로 모습을 드러내기도 한다. 그러나 인간사를 바라보는 태도는 좀 다르다. 자연을 대할 때만큼 너그럽지 않다. 인간사에서 자기 성찰적인 깨달음을 얻을 때는 스스로를 경계하는 태도를 드러내기도 하지만, 다른 지향이나 가치관을 가지고 있는 사람들을 대할 때 최진자의 시는 편향적이다. 그 지향에 동의하는 독자는 이 시집을 별 저항감 없이 읽을 수도 있겠지만 다른 생각을 가지고 있는 독자라면 그럴 수 없을 것이다. 일반적인 서정시들이 대부분이기는 하지만 이따금 등장하는 시적 주체의 정치적 목소리를 드러내는 시들은 이 시집을 읽기 어렵게 한다.

어쩌면 그가 아직 하고 싶은 말을 참을 수 없는 가슴이 뜨거운 시인이어서 옳다고 믿는 것을 시의 언어로도 드러내고 싶은 것인지도 모르겠다. 「나의 시 창작법」에서 "이해하지 못한다 하더라도/ 알아들을 수 없다 하더라도/ 진실이 거짓을 눌러야 한다"라고 단호하게 말하는 목소리에는 타협의 여지가 없어 보인다. 아마도 시인은 자신의 목소리가 '진실'이라고 확신하고 있는 듯하다. 그러나 옳다고 믿는 것도 의심하고 자신과 지향이 다른 목소리도 들어보려고 노력하는 것이 시의 목소리여야 하지 않을까? 아니, 목소리를 높이기보다는 들으려고 애쓰는 편이 좀 더 시에 어울리는 자리가 아닐까 싶다. 시가 늘 낮은 자리에서 소외된 주변의 목소리를 대변해 왔다고 생각하는 나로서는 이 시집에 실린 어떤 시들은 읽기가 힘들고 곤혹스러웠다. 무엇이 이 시인을 특정한 대상을 향해서만 그토록 단호하게 냉소적이고 비판적인 태도를 취하게 한 것일까 하는 의문을 지닌 채 시집을 읽어야 했다.

2.

최진자의 시는 세상사에 관심이 많은 편이다. 일상 속에서 시적인 깨달음을 얻거나 신문기사를 통해 접하는 소식에서 시적인 것을 발견하는 순간이 그의 시에는 종종 등장한다. 그만큼 일상을 살아가며 경험하는 순간의 감정을 놓치지 않으려는 태도와 "나를 경계"(「시험에 빠지다」)하고 성찰하는 마음을 최진자의 시가 붙들고 있다는 뜻이기도 하다. 신문에 오르내리는 미담이나 기사도 흘려보내지 않고 시의 소재로 삼기도 한다. 시인이 사람살이에 관심이 많기 때문일 것이다.

천년을 사랑하고 그리워
미움으로 깎이고 구르고 굴러 학동 해변

파도와 부딪쳐 아름다운 음파소리

이제는 눈감아도 괜찮겠지
목욕하고 바닷바람에 몸 말려
염 화장에 뽀얀 얼굴 빛날 때

외갓집 왔던 어린 아이린
예쁜 돌멩이 한 쌍을 가슴에 품고
몽돌 소리 귀에 담아 미국으로 갔다

거친 파도가 쳐도
은은한 달빛에도
소리가 멎은 적막한 바닷가

비행기 타고 태평양 건넜던 검고 하얀 바둑돌
외로웠던 이민생활 아픔의 기억으로
애처로운 마음에 한려해상공원으로 돌아왔다

제자리로 돌아온 몽돌
모래알 될 때까지
파도에 몸을 뒹굴며 다시 노래 부른다

- 「돌아온 몽돌」 전문

이 시는 2018년에 보도된 한 기사를 바탕으로 썼였다. 미국의 열네 살 소녀 아이린이 부산에 사는 외할머니를 만나러 한국의 외갓집에 왔다가 경남 거제의 학동흑진주몽돌해수욕장에 가족과 함께 들렀던 모양이다. 학동흑진주몽돌해변은 몽돌이 파도에 부딪히는 소리가 너무 아름다워서 '한국의 아름다운 소리 100선'에 꼽히기도 한 곳이다. 아이린은 그곳에서 한려해상공원의 몽돌을 보고 너무 예뻐서 몽돌 두 개를 집어 왔는데 뒤늦게 어머니가 그 사실을 알고 몽돌이 만들어지기까지 얼마나 오랜 시간이 걸리는지 아이린에게 설명하고 학동 해변의 몽돌이 '반출 금지'라는 사실도 알려준 것이다. 어머니에게 몽돌에 대한 이야기를 들은 후에 아이린은 외할머니에게 몽돌을 제자리에 돌려놓아 달라고 부탁하며 죄송하다는 내용의 편지와 함께 몽돌을 작은 상자에 정성스럽게 넣어 놓고 미국으로 돌아갔다. 아이린의 외할머니가 그 상자를 한려해상국립공원에 우편으로 붙였는데 아이린의 편지는 영어로 쓰였지만 '몽돌을 가져가서 죄송합니다'라는 문장은 마지막에 한글로 쓰여 있었다. 잘못을 시인하고 바로잡으려고 한 아이린의 마음이 예쁘기도 하고 몽돌을 몰래 가져가는 관광객들에게 경각심을 불러일으킬 수도 있겠다는 생각에 한려해상국립공원에서 이 미담을 언론에 알린 것이다. 기사에 따르면 아이린의 외할머니는 아이린이 몽돌을 가져갔다가 어머니한테 설교를 듣고 울었다며 "몽돌을 돌려주라고 편지와 함께 한국에 두고 가서 대신 보낸다"고 사정을 설명했다.

이 기사를 바탕으로 최진자 시의 상상력은 전개된다. 시에서 몽돌은 아이린을 따라 미국까지 간 것으로 그려진다. 몽돌이 아이린을 따라 미국까지 갔다가 돌아오는 이야기가 좀 더 극적으로 느껴지기는 한다. 학동흑진주몽돌해변이 "파도와 부딪쳐 아름다운 음파소리"를 내기까지는 기나긴 세월이 있어야 했다. 모난 돌이 닳고 닳아 동글동글해지기까지의 세월인 셈이다. "천년을 사랑하고 그리워/ 미움으로 깎이고 구르고 굴러" 동글동글한 몽돌이 되고 나니 "파도와 부딪쳐 아름다운 음파소리"를 얻게 된 것이다. 어쩌면 사람살이도, 시도 그런 것인지도 모른다. 모나고 뾰족한 곳이 서로 부딪치며 깎이고 굴러야 닳고 닳아 동글동글해질 수 있을 테니 말이다. 사랑과 그리움과 미움 같은 온갖 감정들이 때로는 자신을 상하게 하고 때로는 타인을 상처 입히면서 오랜 세월을 겪어냈을 때 비로소 부딪침조차 "아름다운 음파소리"를 낼 수 있는 경지에 이르게 되는 것이 아닐까.

몽돌해변에 익숙해졌을 몽돌을 아이린이 낯선 미국으로 데려가는 행위를 이 시는 "이민생활의 아픔"과 겹쳐 놓는다. 아이린 가족도 이민자 가족이므로 적절한 비유라 하지 않을 수 없다. 낯선 곳의 바닷가는 "거친 파도가 쳐도/ 은은한 달빛에도/ 소리가 멎은 적막한 바닷가"일 수밖에 없었을 것이다. 몽

돌에게 그런 것처럼 아이린의 가족에게 미국에서의 이민 생활
도 다르지 않았을 것이다. 몽돌의 미국행을 통해 이 시는 "외
로웠던 이민생활 아픔의 기억"을 이야기한다. 몽돌을 "한려해
상공원으로 택배로 보내"는 마음은 자신들의 외로웠던 이민
생활의 아픔을 잊지 않은 "애처로움" 때문이었을 것이라고 시
의 주체는 추측한다. "제자리로 돌아온 몽돌"이 "모래알 될 때
까지/ 파도에 몸을 뒹굴며 다시 노래 부른다"는 이 시의 상상
은 고향을 떠나 디아스포라의 삶을 살고 있는 이들의 바람을
실은 것이기도 하겠다.

변시지의 까마귀 빠진 그림 같은 풍경을 지나
흐린 날 간혹 금귤이 등불처럼 달려 있는 도로
바다가 언제쯤일까
비가 내리고 한동안 빛이 없는 길

아주 멀리 바다인지
뱀허물 바람에 펄럭이듯 파도가 밀려온다
구름 속 같은 터널을 한참 지나
자몽 같은 가로등이 드문드문 빛을 뿜는다

자야와의 추억만을 간직하고
다섯 개의 언어를 입안에 물고

김일성 찬양시 「나룻터」를 끝으로

쉰한 살에 금지당한 창작활동

백석이 다녀간 발자취를 찾을 수 있을까

시어가 꿈틀대어 참을 수 없었던 여행

작가들의 이즈반도 산실을 보며 껴안았던

그가 흘린 응고된 꿈을 들여다볼 수 있을까

- 「이즈반도 가는 길」 전문

　이 시는 백석의 시에 나오는 이즈반도를 직접 여행한 경험을 바탕으로 하고 있다. 백석은 「柿崎(가키사키)의 바다」, 「伊豆國湊街道」 두 편의 시에서 이즈반도를 여행한 경험을 드러내었다. 가키사키는 일본 혼슈의 이즈반도 남동쪽 바닷가에 있는 항구 도시로 알려져 있다. 이즈반도는 도쿄에서 멀지 않은 곳에 있어서 백석이 도쿄 아오야마 학원에서 유학하던 시절에 이즈반도 지역을 여행하고 이 두 편의 시를 쓴 것으로 추정된다. 백석은 1930년 3월에 조선일보사 장학생으로 선발되어 일본 도쿄의 아오야마 학원에서 4년간 유학 생활을 했다. 「柿崎(가키사키)의 바다」는 1936년 1월에 나온 시집 『사슴』에 실렸고 「伊豆國湊街道」는 『사슴』 출간 이후 1936년 3월에 『시와 소설』 1권 1호에 실렸다. 「伊豆國湊街道」에 등장하는 "금귤이 눌 한 마을마을을 지나가며/ 싱싱한 금귤을 먹는것은 얼마나

즐거운일인가.”라는 구절은 최진자의 시에서 “흐린 날 간혹 금귤이 등불처럼 달려 있는 도로”로, 「柿崎(가키사키)의 바다」에서 “저녁밥때 비가들어서/ 바다엔배와사람이 흥성하다”라는 구절은 “비가 내리고 한동안 빛이 없는 길”로 변용되어 등장한다.

‘이즈반도 가는 길’은 백석의 흔적을 찾아 떠나는 여행길이기도 하다. “변시지의 까마귀 빠진 그림 같은 풍경,” “흐린 날,” “비가 내리고 한동안 빛이 없는 길” 등 1연에서 제시된 이미지는 이즈반도 가는 길의 흐리고 어두운 풍경을 한 폭의 그림 같은 이미지로 보여준다. 아마도 바다가 나오기까지 이즈반도에 이르는 길은 꽤나 멀게 느껴지는 길이었던 모양이다. 시의 주체는 “아주 멀리 바다인지/ 뱀허물 바람에 펄럭이듯 파도가 밀려”오는 것을 느끼며 “구름 속 같은 터널을 한참 지나/ 자몽 같은 가로등이 드문드문 빛을 뿜는” 이즈반도에 이른다. 백석의 흔적을 찾아 이즈반도를 향해 가면서 그는 백석의 생애에 대해 생각해 본다. “자야와의 추억”과 평북 정주 방언, 표준어, 일본어, 영어, 러시아어 “다섯 개의 언어를 입안에 물고” 살았던 백석이 지면에 남긴 마지막 작품은 「나루터」이다. “김일성 찬양시 「나룻터」를 끝으로/ 쉰한 살에” “창작활동”을 “금지당한” 시인 백석의 파란만장한 생애를 떠올린 것이다. “백석이 다녀간 발자취를” 과연 이즈반도에서 “찾을 수 있을까” 의구심을 품으면서도 내내 시인의 생애를 떠올리는 문학 답사는 "시어가 꿈틀대어 참을 수 없었던 여행"으로 기억된다. 이즈반도는 백석 외에도 가와바타 야스나리의 단편소설 「이즈의 무희」의 배경이기도 하다. 백석도 그런 까닭에 이즈반도를 여행했을 수도 있을 것이다. "작가들의 이즈반도 산실을 보며 껴안았던/ 그가 흘린 응고된 꿈을 들여다"보고 싶다는 바람으로 이즈반도로 향하는 시적 주체의 여행은 계속된다. 이즈반도에 도달한 후에도 어쩌면 그 여행은 끝나지 않고 계속될 것이다.

3.

최진자의 이번 시집에서 눈에 띄는 대상은 어머니이다. 여자로 태어나 딸로 어머니로, 더 나이 들면 할머니로 살다가 가는 '여자의 일생'에 각별한 의미를 부여하게 되는 것은 대개 어머니가 되는 경험을 하고서라고 최진자의 시적 주체는 생각한다. 딸의 입장에서만 살 때는 어머니의 입장에 대해 온전히 이해하지 못하다가 어머니가 되고 난 후에 비로소 어머니의 입장과 마음을 온전히 이해하게 되는 경우가 많다. 최진자 시인도 그런 경험을 토대로 어머니의 마음을 알게 되고 여자의 일생에 대해 관심을 가지게 된다.

비로소 알았네

딸이 엄마가 되는 날
딸은 없고 엄마만 있다는 것을

딸이 나를 가르치려 할 때
내가 엄마를 가르치려 했다는 것을

지금 내가 반으로 꺾이는 인생에
엄마의 인생을 반으로 꺾었음을

정말 불효녀였다는 것을
다시는 고쳐볼 수도 없음을

내가 후회했듯 네가 후회하는 날에
너에게도 딸은 없다는 것을

비로소 알았네
못 다한 위로도 할 수 없다는 것을

- 「엄마의 계보」 전문

'풍수지탄風樹之歎'이라는 말이 있는 것처럼 대개 부모를 여
의고 난 후에야 후회하고 안타까워하지만 이미 늦어 후회해도

소용없을 때가 많다. 시의 주체도 "딸이 엄마가 되는 날/ 딸은 없고 엄마만 있다는 것을" "비로소 알았"다고 고백한다. 엄마가 된 "딸이 나를 가르치려 할 때" 그런 딸의 모습에서 "엄마를 가르치려 했"던 자신의 모습을 발견한 것이다. "지금 내가 반으로 꺾이는 인생에/ 엄마의 인생을 반으로 꺾었음을" 또한 비로소 깨닫는다. 딸들은 어머니의 인생을 딛고 성장한다. 어머니의 몸이 하루하루 쇠약해질 때 그런 어머니를 희생양 삼아 딸은 하루하루 성장해 간다. "정말 불효녀였다는 것을" 깨달았을 때는 이미 늦어 버린 때다. "다시는 고쳐볼 수도 없음을" 한탄해도 소용없다. 시의 주체는 말한다. "내가 후회했듯 네가 후회하는 날에" 다시 말해 비로소 '엄마'가 되는 바로 그날에 "너에게도 딸은 없다는 것을" 말이다. 그렇게 엄마에서 엄마로 "엄마의 계보"는 형성된다고 최진자의 시는 말한다.

십구 초짜리 흑백 영상이 수십 번 되풀이 되며
수면 밑바닥에 가라앉았던 부레가 부풀자
숨기고자 했던 슬픔이 살아 움직였다

위안부로 팔려 온몸이 찢기고
가엾은 어린 조상들의 총탄 맞은 처참한 최후
기억하되 가엾으니 영혼의 눈을 가리세요

인간 지옥에 빠진 어린 양을 불쌍히 여기세요
화면에 대고 '거기 누구 없나요'라고 외친다
처녀지의 뽀송한 흙으로라도 몸을 가려 주세요

무자비한 홀로고스트
수십만을 잉태할 어머니들
조상들의 영혼까지 슬프다

지금 할 수 있는 일은
내 생애 기뻤던 일을 모두 주고
지팡이 짚고 곡한다

향 대신 눈물로 시신을 닦아
날개 달린 푸른 실크 수의로 염하고
관에 손바닥으로 나무못을 박는다

- 「진실」 전문

이 시에는 "패전 직전 일본군이 한국인 위안부를 학살하는 장면을 미군 사진병이 찍은 영상으로 국립문서기록관리청에서 70여 년 만에 세상에 나왔다."라는 부기가 붙어 있다. 일본군이 한국인 위안부를 학살하는 장면을 담은 영상은 70여 년 만에야 겨우 세상에 나올 수 있었다. "십구 초짜리 흑백 영상이 수십 번 되풀이 되"자 "숨기고자 했던 슬픔이 살아 움직였다"고 시의 주체는 말한다. 1991년 국내 거주자로서는 최초로 일본군의 만행을 고발해 '일본군 위안부'의 실상을 알린 김학순 할머니의 증언을 계기로 '일본군 위안부' 문제는 전 세계에 알려졌지만 지금도 제대로 된 일본의 사과를 받지 못했다. 매주 수요일 일본대사관 앞에서는 지금도 수요집회가 열리고 있다.

저 "무자비한 홀로코스트" 앞에서 무슨 말을 할 수 있겠는가? "수십만을 잉태할 어머니들"이 맞이한 잔혹한 비극 앞에서 "조상들의 영혼까지 슬프다"고 말한 시의 주체는 "지금 할 수 있는 일은/ 내 생애 기뻤던 일을 모두 주고/ 지팡이 짚고 곡"하는 일밖에 없음을 안다. 어머니로서 살아온 삶에 대한 공감이 영상 속 학살된 '일본군 위안부'의 "처참한 최후" 앞에 "지팡이 짚고 곡"하는 진심을 다하게 했을 것이다. "향 대신 눈물로 시신을 닦아/ 날개 달린 푸른 실크 수의로 염하고/ 관에 손바닥으로 나무못을 박는" 행위를 통해 최진자의 시는 가슴 아픈 역사의 진실 앞에 마주 서고자 한다. '진실'을 추구하는 최진자의 시가 어머니의 경험과 마음과 만났을 때 이런 절창을 낳는다.

4.

최진자의 시에는 꽃과 풀이 자주 나온다. 일찍이 『논어』 양

화편에서 공자는 제자들에게 왜 시를 배우지 않는지 타이르며 시의 효능을 강조해 이야기했는데, 그때 시를 읽으면 이런 점이 좋다고 공자가 강조한 많은 것들 중 마지막으로 이야기한 것이 바로 시를 읽으면 조수초목鳥獸草木의 이름을 많이 알게 된다는 것이었다. 공자의 말을 염두에 둘 때 꽃 이름과 풀이름이 많이 나오는 최진자의 시는 한시의 오랜 전통 속에서 강조되어 온 시의 효능에 충실한 시라고 볼 수 있다.

차마 너를 바로 볼 수가 없어

뭉클뭉클 서러움 있나

항상 경계하지 않으면

스스로 무너질 것 같아서

네 몸에 난 창 모양

단단한 가시로 포장한 옷

너를 보면 왠지 홍살문 같아

따뜻한 손길 잠옷처럼 붙어 있는데

압슬의 무게보다 더한 수절

청상을 홀로 지내 뼈마디로 남은

허울뿐인 휑한 문

불살라 몸을 덥히고 싶었을지 몰라

너를 보면 그래

몸은 가시로 철조망 쳤지만

뻥 뚫린 하늘에 그리움 매다니

가시만큼 고운 꽃잎 되어

여인네들 화장 솔 닮아

공중으로 날아드는 벌과 나비 맞이하네

― 「엉겅퀴」 전문

독특한 모양을 지닌 꽃이 많지만 그중에서도 엉겅퀴는 특별하다. 가시처럼 곤두서 있는 모양의 엉겅퀴꽃을 보며 시의 주체는 "차마 너를 바라볼 수가 없어"라고 말한다. "뭉클뭉클 서러움 있나" 엉겅퀴꽃의 마음을 들여다보려 애쓴다. "항상 경계하지 않으면/ 스스로 무너질 것 같아서/ 네 몸에 난 창 모양/ 단단한 가시로 포장한 옷" 같다고 직관적으로 느낀 것이다. 아마도 이러한 판단은 경험에서 우러난 것이겠다. 스스로 무너지지 않기 위해 항상 도사리고 경계해 본 경험이 있어서, 그런 마음이 어떤 마음인지 잘 알고 있어서 엉겅퀴꽃의 모양에서 동병상련의 마음을 느낀 것인지도 모른다.

2연에서는 엉겅퀴꽃을 보며 "홍살문"을 떠올린다. "청상을 홀로 지내 뼈마디로 남은/ 허울뿐인 횅한 문"과 엉겅퀴꽃의 모양이 닮았다고 느낀 것이겠다. 엉겅퀴꽃을 보며 붉은색과 창살이 서 있는 듯한 모양이 홍살문과 닮았다고 느낀 것이다.

3연에서는 "몸은 가시로 철조망 쳤지만/ 뻥 뚫린 하늘에 그리움 매다니/ 가시만큼 고운 꽃잎 되어" "공중으로 날아드는 벌과 나비 맞이하"는 엉겅퀴꽃을 종합적으로 그리고 있다. 서러움과 경계심, 휑한 몸과 마음을 이겨내고 그리움으로 꽃의 정체성을 되찾은 엉겅퀴를 긍정적으로 그려내고 싶었던 것이 아닐까 싶다.

빨래한 이불을 베란다 밖으로 먼지를 털다
위에서 내려다본 세상
자목련, 벚꽃, 산수유, 개나리, 매화, 명자꽃

풍등처럼 환한 샛노란 민들레
홀씨 되어 바람이 날려다 준 곳이 불모지
누구도 오가지 않는 오수통 입구 콘크리트 옥상

흙먼지 날아와 쌓인 한줌의 가루를 모태로
터가 모질어 홀씨 될까 삶이 염려스러운데
괜한 걱정 말라는 듯 바람 따라 너털웃음이다

메마른 땅 개간해 씨앗을 뿌린 화전민처럼
최악의 조건에서 꽃으로 사명을 다하는 것
사람이 모진풍파 견디듯 민들레 홀씨 되는 것

읽어서 배우고 보여줌으로써 가르치는 것보다

아무도 가르칠 수 없는 느낌으로 오는 감동

선생님 하고 가슴에서 토하는 소리

― 「선생님 민들레」 전문

　시집의 첫 시이기도 한 이 시에는 "자목련, 벚꽃, 산수유, 개나리, 매화, 명자꽃," "샛노란 민들레"까지 봄에 피는 꽃들이 등장한다. 봄은 점점 짧아지고 있지만 봄꽃을 구경하는 재미는 아직 쏠쏠하다. 시의 주체도 "빨래한 이불을 베란다 밖으로 먼지를 털다" 봄꽃들을 발견한다. "위에서 내려다본 세상"은 "자목련, 벚꽃, 산수유, 개나리, 매화, 명자꽃" 등으로 화사하다. 시의 주체의 눈길을 먼저 사로잡은 꽃들은 나무에서 피는 꽃들이라 제법 규모가 있는 꽃들이기도 하다. 그런데 주체의 시선은 "풍등처럼 환한 샛노란 민들레," 그것도 "누구도 오가지 않는 오수통 입구 콘크리트 옥상"에 터를 잡은 민들레에 머문다. "홀씨 되어 바람이 날려다 준 곳"이면 어디든 피는 꽃 민들레는 이번에도 "누구도 오가지 않는" "불모지"에 자리 잡았다.

　"터가 모질어 홀씨 될까" 염려하는 주체더러 "괜한 걱정 말라는 듯 바람 따라 너털웃음"을 짓는 민들레를 보며 그는 "선생님"이 따로 없다고 생각한다. "메마른 땅 개간해 씨앗을 뿌린 화전민처럼/ 최악의 조건에서 꽃으로 사명을 다하는" 민들레를 보며 "읽어서 배우고 보여줌으로써 가르치는 것보다/ 아무도 가르칠 수 없는 느낌으로 오는 감동"이 훨씬 크다는 것을 깨닫는다. "선생님 하고 가슴에서 토하는 소리"가 절로 나오게 하는 민들레야말로 "선생님 민들레"가 아니고 무엇이겠는가. 가장 낮고 보잘것없는 곳, 불모의 땅에서 피어나는 민들레의 가치를 발견할 줄 시인의 시선이 귀하다. 이 시선은 몽돌이 아름다운 음파소리를 내는 것을 발견할 줄 아는 마음과 같은 결을 지닌다.

마지막으로 덧붙이자면 단정한 시인의 언어가 흐트러지는 순간이 이 시집에도 있다. 자연을 바라보고 대할 때 서정시로서 최진자 시의 단아한 매력은 빛나는데 인간사, 그중에서도 현실 정치에 대해 판단하고 발언할 때에는 어쩔 수 없는 보수성을 드러내곤 한다. 생각의 차이야 당연히 있을 수 있지만 시로써 그것을 드러내는 방식은 좀 더 신중할 필요가 있어 보인다. 그런 시들을 언급하지 않는 방식으로 해설을 쓸 수도 있었으나(사실 직접 언급은 하지 않았으니 여전히 그런 태도를 취했다고도 할 수 있으나) 해설이라는 성격상 이 시들을 묵인한 것으로 오해될 수도 있겠기에 후기를 붙여 둔다. 이 시집 수록 시들이 현실정치에 대한 태도를 드러낼 때 균형감각을 잃었다고 판단했기 때문이다. 이 시집 수록 시의 아름다움은 모난 곳이 오랜 세월 깎이고 닳고 닳아 몽돌이 되고 마침내 파도와 부딪쳐서도 아름다운 음파소리를 내는 것을 발견하거나 아무도 눈여겨보지 않는 불모지에서 피어나는 민들레를 발견할 줄 아는 시선에 있다. 편향적인 정치적 태도를 드러내는 시들은 오히려 최진자 시의 격을 떨어뜨린다는 것을 덧붙이지 않을 수 없다. 시는 어둡고 낮은 자리에서 낮은 목소리로 스스로를 드러낼 때 더욱 빛나는 법이다. 꽃을 대하는 마음으로 시인이 세상사와 자신과 다른 생각을 가지는 사람들을 품어 안을 수 있기를 바라는 마음을 해설에 실어 본다. 그가 "말 없음 표의/ ············/ 은혜로움"(「말」)을 아는 시인임을 믿어보고 싶다. ✠

최진자

김포 출생
『미네르바』 시인상
영화진흥공사 시나리오 입선
집문당 기획실장 역임
최진자 서화전(경인미술관)
제35회 대한민국현대미술대전 서예부분 대상
서상만 시인 시비 씀
시집 『하얀 불꽃』, 『신포동에 가면』

깊은샘 시인선 001

집으로 오는 그림자

초판 1쇄 인쇄 | 2023년 3월 3일
초판 1쇄 발행 | 2023년 3월 10일

지 은 이 • 최진자
펴 낸 인 • 박현숙
펴 낸 곳 • 도서출판 깊은샘
등   록 • 1980년 2월 6일(제2-69)
주   소 • 서울특별시 용산구 원효로 80길 5-15 2층
전   화 • 02-764-3018~9 | 팩 스 • 02-764-3011
이 메 일 • kpsm80@hanmail.net
I S B N • 978-89-7416-264-1   03800
     값 • 10,000원